LOS RIZOS
CHULISIMOS DE
Catalina
Escrito e Ilustrado por
Catherine E. Storing

ESTE
LIBRO
PERTENECE
A:

Dedico este libro a todas las niñas con cabello rizado y con MUCHO volumen que se sienten diferentes, excluidas o cohibidas. Un día, (ojalá después de leer este libro) verás lo MUY especial que es tu cabello y cómo es una de las cosas que te hacen única.

Los Rizos Chulísimos de Catalina

Un Conmovedor Cuento sobre el Amor Propio y la Aceptación de la Diversidad

En un pueblo pequeño y brillante,
Vivía Catalina, una niña con cabello como la noche.
Sus rizos saltaban a cada paso,
Pero las palabras de Jane herían su orgullo.

1

Un día, Jane dijo, "Tu cabello es un lío,
¡Mis hebras lisas son las mejores!"
Catalina frunció el ceño y tiró de sus rizos en desesperación,
Deseando que su cabello fuera liso y bello.

La mamá de Catalina sabía que su corazón estaba dolido,
Contó cuentos de fuerza de antaño.
"Tus rizos son fuertes, únicos y grandiosos,
Acepta tus raíces, asi es mas lindo, lo veras."

La abuela compartió también su sabiduría,
"Tus rizos son audaces, al igual que tú.
Portan el poder de nuestro pasado,
Acéptalos, querida, te quedan muy bien. Dalo por dado."

Con amor recién descubierto, los rizos de Catalina brillaban,
Se dio cuenta de que su cabello era verdaderamente divino.
Enseñó a su clase, "Celebremos,
Nuestras diferencias, nos hacen grandes."

Jane escuchó, y su rostro se calentó,
Entendiendo que no hay una norma fija.
Juntas, jugaron, cabello diferente pero justo,
Celebrando su singularidad, un par inseparable.

FIN

MI NOMBRE ES
CATHERINE STORING

Como Estratega de Monetización de Contenidos, Best-Seller de Amazon y autora de más de dos docenas de libros, creadora de múltiples cursos, coach de escritura, oradora principal y coach de vida certificada, Catherine ha estado aprovechando su pasión por las palabras, los libros y la escritura para ayudar a otros a compartir su voz auténtica y su contenido con el mundo durante más de 20 años.

Con esta nueva serie de libros, Catherine quiere ayudar a las niñas y los niños a amar quiénes son y cómo son; a aceptar y amar sus diferencias.

A Catherine le encanta viajar, una buena comida y pasar todo el tiempo que puede junto al agua.